アホラ詩集

やなせ　たかし

人間なんて
アホだから
ふゆかいごっこ
いじめごっこ
殺人ごっこ
アホなことばかり
まもなく
絶滅アホらしい

かまくら春秋社

なにもかも
アホラし
あほらし
アホラ詩
アホラ詩集

目次

アホラ

アホらしい詩を
あつめて
詩集を
つくってみたいと
思ったんですね
ところが
アホラと片仮名で
書いてみると

なんだかダンディ
イキな感じ
アホラ詩集
こりゃいいと
思うところが
アホなんですね
アホなんだから
しかたがない

オロカモノ

オロカに生まれた
オロカモノ
オロカなことで
オロオロし
オロカなことで
傷ついて
オロカなことで
うろたえる

けれども
オロカなオロカモノ
オロカなことが
うれしくて
オロカなことで
よろこんで
オロカに生きる
オロカモノ

アホ爺さん

町内に
敬老会というのがあり
カステラもらったり
するんです

なんか
気恥かしいですね

敬意を表されるほど
立派な老人じゃない
いまだに
　未熟無知
厚顔可憐の
　アホ爺さん

B級の青春

黒い運河は
メタンガスの泡をのせて
海へ流れていた
埋立地の軟弱な土地の
駅前にあった
ぼくらの学校は
電車が通るたびに
こきざみにゆれた
草深い田舎から
上京したぼくは

大都会の
きらびやかなおねえさんに
ぜひ誘惑されたかったが
みんな影絵のように
通りすぎていった
しかたなしにぼくは
堕落した二宮金次郎みたいに
漫画本に読みふけっていた
B級の青春
それなりの楽しさは
あったけれど……。

激カラ味

他人の不幸が
蜜の味なら
自分の不幸は
辛酸わさびの

涙飴

のどもとすぎても
激カラ
ひりひり
まだ　いたい

ジタバタ

海はジタバタ
さわいでいた
ぼくはドタバタ
走っていた
それが記憶の
いちぺーじ

そしてジタバタ
年が過ぎ
ドタバタ未熟な

若い日は
愚かなことの
くりかえし

気づいてみれば
たそがれて
もう人生のターミナル
それでもジタバタ
まだ生きる

バランス

なんにもする気がしなくて
　ぼんやりねころんでいると
地球が回転しているのが
　　　なんとなくわかる

朝の光から
　昼の光になり
やがて　たそがれてくる
このゆるやかな
　　　回転は
約二十四時間だが

もしも
月の引力がなかったら
回転の速度は
　　　四時間になるらしい
すると
突風が吹き荒れて
　ぼくらはふっとんでしまう
太陽と地球と月の
　　絶妙なバランスの中で
ぼくらは生きる
　なんにもしないで
　　ぼんやり
ねころんでいられる

風の質問

机の上を吹く風が
おさない　ぼくに
質問した
「君は大きくなったら
　何になる？」
ぼくは
こたえられなくて
ぼんやり風を見おくった
机の上を吹く風が

老いてしまった
ぼくに問いかける
「これが君の
　望んだ未来かね？」

はにかみがちに
ぼくは答えた
凸凹ジタバタ
七転八起
いつのまにやら
こうなった
風に吹かれているだけさ

ふんコロガ詩

ふんコロガシは
ふんコロガス
なぜふんコロガスと
きかれても
ふんコロガシは
わからない

ふんコロガシに
生まれたから
ふんコロガシて

いるだけで
ふんコロガシは
ふんコロガス

ふんコロガ氏は
ふんコロガ詩
ふんコロガシて
生きるだけ

※ふんころがしはスカラベ（甲虫）だが、
学名の意味は神聖な甲虫で、古代エジプトでは太陽神であった

好日佳眠

いいお天気でござるな
白雲ゆうゆうと
空を旅してござる
本日平安
なにごともなし
太陽の金粉
毛穴にしみて

拙者はいねむり
おゆるしくだされ
老体すでに衰弱
世間の義理は
さておいて
うつらうつらの
ひとやすみ

タラ

ポンズ醤油に
モミジおろし
タラの水炊き
たべながら
春になっタラ
春になっタラ
春になっても
なにも変らず
空しく

タラタラ
時がすぎ
また冬がきて
タラの水炊き
鍋をさぐれば
タラの身ホロホロ
もろく崩れて
つかめないから
タラの味する
春菊を噛む

失敗

私はひとの
笑顔が好きで
なんとか
ひとを
笑わせたかった
けれども
私は才能うすくて
あれやこれやと

やってみたが
うまくいかず
失敗つづきで
笑われてしまった
ついに
笑わせることが
できたが
うれしくなかった

たまごエレジー

うでたまご
むけば
なまめく
白い肌
うっとり
見とれて
恋して
ときめく

つかのま
心がひるむけれど
哀しからずや
たべてしまった
胸を叩いて
黄身に
むせる

うどんこ

ぼくが自由業の世界に入って
売れない漫画家であった頃
先輩がこう言った
「この世界はね
運・鈍・根だよ」
「ウン？ドン？コン？」
「運をつかむ、
不器用で鈍重、コケの一心、
根気よく、あきらめない」

「わかりました」
ぼくは先輩の言葉を信じた
しかし三つのうち
鈍だけは
自信があったが
運は半分、根も半分
ウ・ドン・コ
うどんこのまま
やってきた
うどんすれば思いだす
先輩の教訓を思いだす

のぞみ

ぼくは
巨匠とか
偉大な人物には
なりたくなかったですね
絵を描くにしても
タイヤキをくるんである
紙に印刷されているような
画家になりたかった
ところが

その世界でも
ぼくよりも
　うまいひとが
　　いっぱいいて
　これにはまいりました
巨匠にならないという点
　　　だけは
　成功したようですが
これはあたりまえなので
　自まんできません

死んだふりして

虫が
死んだふりして
身うごきひとつせず
息をころして
ころがっている
だましたつもりで
いるらしい
あさはかな奴
まる見えだぜ
ひとうちすれば

あの世行き
けれども
可憐ないのちだから
ここは見逃して
やることにした

とたんに虫は
おきあがり
いちもくさんに
逃げていった
ありがとうとも
言わないで

キラリ　キラキラ

子どものとき
死ぬほど悲しくなって
夜道を泣きながら
さまよった

遠くの町の灯が
涙ににじんで
キラリ　キラキラ
光のアヤトリ

きれいで　面白くて
見とれているうちに
涙がでなくなった

もういちど
ぜひ見たかったが
消えてしまった

あの頃の悲しみなんて
あっけない
キラリ　キラキラ

死神殺し

おいぼれ
くたばれ！
死神が
大ガマふりあげ
きりかかる
拙者は
あわてず
せせら笑って
「まだまだ

おまえごときに
やられてたまるか
眼にも
　とまらぬ
死神殺しの
　　必殺剣
うけてみるかい」
　とは
いったものの
すこしヤバイでござる

キュン

ユッコちゃんが
学芸会でおどった
まえがみがゆれた
ユッコちゃんの
ひたいでゆれた
それがとてもよかった
ぼくの胸はキュンとなりにけり

ユッコちゃんが
学校の廊下のわたりのところで

ひとりで泣いていた
細い肩がさびしそうだった
ぼくの胸がキュンとなりにけり

でもぼくは
しらん顔して通りすぎた

うんと昔
もうなにもかも
忘れていたのに
不意におもいだして
胸がキュンとなりにけり

誤解

私の心の真実を
あなたに話したいけれど
私の心の真実は
言葉にすれば
ウソになる

私の心の真実は
かならずわかる
日がくると

信じて私は
耐えている

私の心の真実が
そうだったのかと
わかったら
あなたの好きな
鯛茶飯
いっしょにたべて
笑いたい

数詩

一宿一飯　一期一会
二度あることは
三度ある
佛の顔も三度まで
すべってころんで
四苦八苦
七転八倒
九死に一生
桃栗三年　柿八年

石の上にも三年いて
十年一日　つかの間で
一日一善　とても無理
三日坊主で
五里霧中
一瀉千里でかけぬけて
老い先みじかい
くだり坂
それでも可憐な
秋草の
百万本の花の道

ねがい

ごくさりげなくいきたかった
けっして
偉い人になっていばらず
サムマネーがあって
生活には困らず
おだやかで
家内安全
火の用心
ところが

そうはいかなかった
七難八苦
九死に一生
天命だから
しかたがないが
神様
どうかお手柔らかに

孝行

母親は
僕に
何度も言った
あなたのお産は
とても楽だった
あなたは
両方の手のひらにのるほど

小さく生まれたから
私は少しも
苦しくなかった
今のところ
僕の孝行は
これ一つしかない
もっと孝行して
喜ばせたかったのに

少年時代

ぼくは野育ち
山育ち
全身生キズ　かすりキズ
野いちご　桑の実
ぐみ・いちじく
天然自然の
無料スイーツ
勉強なんかは
全くせず

遊びをせんとや
生まれけむ
おかげでできた
基礎体力
ほんのわずかな
才能だけで
コケの一心
耐えられた
故郷の山河が
ぼくを育てた

バッタ

ぼくの通った小学校は
田んぼの中にありました
春は菜の花れんげ草
夏は蛙の大合唱
秋は金色の稲穂の海
冬は北風ひゅうひゅうひゅうひゅう
うす紫色の山脈は
ギザギザに
空をくぎっておりました

ぼくは
田んぼの中の小学校で
バッタみたいに
とびはねておりました

今のぼくは
「エヘンオホン人生夢のごとし」
なんて言っておりますが
心の中は昔のまま
バッタみたいに軽はずみ

ややや

ややややや

鏡にうつる
しょぼくれ爺さんは
俺ではないか

ややややや

やりきれない
やるせない

昨日少年
今日爺さん

ややや

天命つきる日
近づきにけり
眼にもとまらぬ
瞬間芸

ややや

孤愁の剣

なんだかんだと
軽はずみ
おろかなことに
つまずいて
あっというまに
老いぼれた

いまさら
悔いても
手おくれでござる
それでも拙者は
あきらめず
ひそかにみがく
孤愁の剣

面影のひと

「おなつかしや」
よばれてふりかえれば
なんと
初恋のひと
お絹ちゃん
たしかに
面影は残れども
美少女老いやすく

ちぢんでしまい
シワクチャ婆さん

逢わねば
よかった
面影のひと
たそがれは濃く
拙者は哀愁

ラストコース

老化現象というものは
いやはや
K点をこえると
突然
ものすごく速くなりますね
ありゃりゃりゃりゃ

おわかれの
ごあいさつも
できそうにない
疾風のごとく
人生がおしまい
あっけない

秘すれど腰痛

おいぼれたとて
心は青春
お若いの
ナメたら
いかんぜよ
まだまだ
胸の血潮は熱い
古風ながらも
手練の秘剣

勝負するから
かかってまいれ
なんて
イキがっても
拙者この頃
座骨神経痛
ギックリ腰で
痛いでござる

予言

人間なんて
アホだから
アホなことばかりして
まもなく
絶滅
生き残るのは
蟻かゴキブリか
それとも
カビやバイキン
みたいな連中
ひとつの時代が終わっただけ
青い地球は
何事もなし

やなせたかし

一九一九年二月六日生まれ。高知県香北町出身。

東京高等工芸学校図案科（現・千葉大学工学部）卒業。三越宣伝部などを経て漫画家として活動を開始する。一九七三年絵本「あんぱんまん」を刊行、月刊「詩とメルヘン」を責任編集し創刊。二〇〇七年「詩とファンタジー」を創刊。勲四等瑞宝章。そのほかに「手のひらを太陽に」の作詞でも知られる。

著書に、絵本『やさしいライオン』『アンパンマンぼうけんシリーズ』（フレーベル館）、『やなせたかしのメルヘン絵本』（朝日小学生新聞）、詩集『やなせたかし全詩集』（北溟社）、『たそがれ詩集』（かまくら春秋社）、エッセイ『だれでも詩人になれる本』（同）、他多数。

アホラ詩集

著　者　やなせたかし

発行者　伊藤玄二郎

発行所　かまくら春秋社
鎌倉市小町二―一四―七
電話〇四六七（二五）二八六四

印刷所　図書印刷株式会社

平成二五年三月一〇日　第一刷発行
令和　七年八月一五日　第二刷発行

ISBN978-4-7740-0587-4 C0092